JN197433

みどりとなずな

ねじめ正一
五味太郎

クレヨンハウス

病院の母と二人の雛祭り

病院の売店
狭し
梅雨に入る

六月の認知の母の
目がぎょろり

梅雨明けて母の食欲ちょっと
出た

ここからは病院通り合歓の花

俳句絵本対談

ねじめ正一 Nejime Shoichi
五味太郎 Gomi Taro

俳句絵本がはじまって

ねじめ正一：『二十三年介護』（新潮文庫）でも書いたけど、わたしのおふくろは夫、つまりわたしのおやじを23年介護したんです。おふくろは、自分の親だったら23年は介護できなかっただろうけど、自分の夫だから23年できたひと。おやじがやっていること、ぜんぶ自分のものにしちゃうんだよね。乾物屋も民芸品屋も父がはじめた商売なのに、母が商人としても越えてしまうんです。

でも、子どもからすれば、店番ばっかりの人生に見えてね。最後はちょっと、かわいそうだったな、という気持ちはあります。

五味太郎：でも、息子が「かわいそう」なんて言ったら、おふくろは「なに、言ってんのよ」なんて返すものでしょ。

おふくろは、息子なんてどうでもいいの。おふくろの一番は、おやじなんだよ。俺はふたりの世界に「余計者」でいた気がするんだよな。だから俺はわりと早めに、その世界から出たの。おふくろと俺はだから、全然ベタベタしてないわけ。

いま（2019年）97歳で、彼女はまだ、だいぶ昔に死んだおやじの世界、おやじとの愛に生きているのよ。

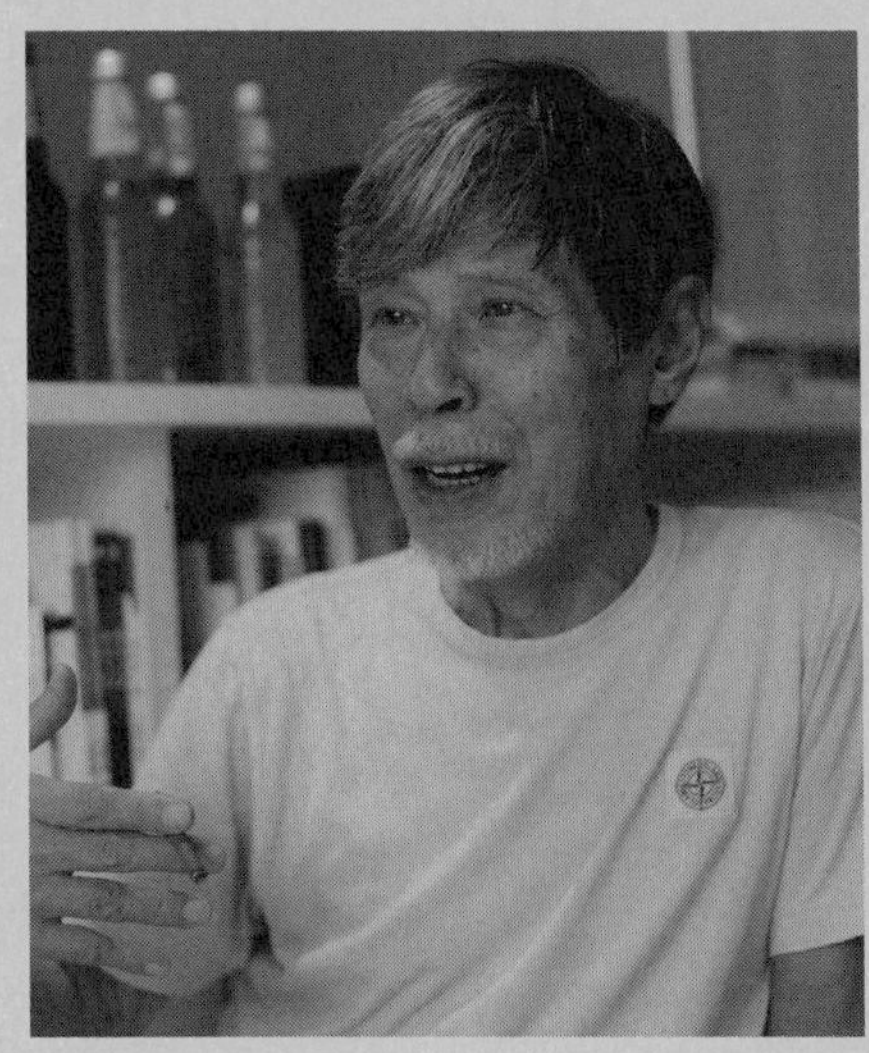

ねじめ：五味さんの言うこと、よくわかりますよ。

　母親と息子はベタベタしちゃって、物語になりづらいんだよね。母の妄想の話がなかったら『認知の母にキッスされ』（中公文庫）も書くのはつらかった。

五味：男が書こうとするとね。男が介護を書くと、ディテールよりは風景。なるべく細かいところを見るのはよそうとしているから、風景、概論で見ている。

ねじめ：男というかわたしは、介護はイベント、非日常になっちゃうのね。毎日やってるのに、「今日はやるぞ」って、毎日がイベントみたいな気分になってしまうんですね。

五味：いわゆる「男の料理」と一緒よ。はりきって買い出しメモ書いて、買ってきて、つくって、あと道具めちゃくちゃっていう。

ねじめ：介護のために「仕事を休もう」とかさ、そうなっちゃうんだよ、男はね。それがなんかいいことだと思っているっていうかさ。でも介護をしている女性からは「なに、言ってんの？」「生活どうするの？」「男はだめねぇ」とか言われたりして。蓄積しないのね。

五味：息子っていうのは、母親にそういうことを期待されているわけでもないのに、期待されていることを前提にしないと動けないっていうのがあるじゃない。「あなた（息子）が必要だ」っておふくろに感じてもらったこと、1回もないもん。俺はそれ、わりと早くから気づいてた。

ねじめ：わたしはね、そういうことに、最後にやっと気がついた。

　うちの妻なんか、おふくろの病院や介護施設にたまに来ても、すぐベッドの下のゴミなんかに気づいて掃除してた。わたしは毎日行ってるのに、気づかない。行くことに意義があるみたいな感じになってさ。た

とえば酸素マスクがあると、もう酸素マスクのことしか目にいかない。

五味：うんうん。酸素マスクを句にするのは、ねじめさんがことばのひとだから。たとえばカメラマンだと、身内の死に対したとき、どうしようもないから撮ってたって言ってた。

　ねじめさんは、ことばのひとだから、ことば、使うしかない。一句詠むしかない。

ねじめ：でも、ことばにして、じゃあ母親のことが見えてくるかっていうと……。見えると思って、信じて書いてるとこがあるんですけど、結局はこちら側の都合のいいように書いている。本当は自分の母親のことですから、まっすぐに書けるはずなんですよ。でも、おろおろうろうろしちゃって。

五味：学問とか文学とか、男主導でやってきたけど、これ、大間違いだったんだよね。秩序みたいなものを男はつくったつもりだったんだけど、いま21世紀になって、女性の手でやり直してるんでしょうね。わりと男はバタバタとしているような気がするんだ。

ねじめ：『認知の母にキッスされ』は、やっぱり男のバタバタですよね。女性から見れば、ひとりよがりで女性の思いに寄り添っていなくて、力任せのところはありますね。

　でも、母の妄想は、疲れたけど、たのしかったね。昼も夜も、ほとんど妄想。

五味：ご当人は苦しかったみたい？

ねじめ：いままで女として抑えていたものが一気に噴出した感じでした。獣になったり、俳人の西東三鬼（さいとう・さんき、1900－62）になったりして。

五味：俺たちは整合性の中で生きているわけよ。ところがね、うちのおふくろが15、6年前からなんか突然「そうなのよね」と言ったりするようになった。それは別に俺に言っているんではなくて、ずっと考えていたことをふっと思い出して、「そうなの」って。だから、「そんなこと急に言われても」と思う会話になると「あっ、このひとの世界の中での整合性が、いわゆる一般整合性とは合っていないだけの話なんだ」って。それは「いい世界」に入ってるということだよね。だから、急に喉乾いたとか、おなか空いたとか言うわけだよ。メルヘンだよね。

ねじめ：ことばに整合性がなくなってくると、わたしは母親が死に近づいていると思っていたけど、ことばがぐちゃぐちゃに

なるのはことばから解放されているんですよ。会話にはまったくならないけど。

でも、母が亡くなってしまって、母のよく乗っていたバスを見かけると、母のことを思い出します。涙が溢れ出てきて。

五味：俺は、おやじを焼き場に連れて行くのは平気だったんだよ。ただ、最後に火が入るじゃないですか。そのときに、おやじに言っとくこと、聞いとくことがあると思って止めようとしたんだよね。昔、たとえば駅で友だちと別れるときに、別れ際に大事な話が残っている気がして、電車に乗り遅れちゃったりするような、ああいう感じ。

おふくろのはまだ俺は味わってないんだけど、どんなかなあ。予想としては淡々としてると思うんだけど。

撮影・寺崎誠三

『みどりとなずな』解説　ねじめ正一

この絵本の30の俳句は、病院と老人ホームを行き来していた、わたしの認知症の母が亡くなるまでを、詠んだものである。

母みどりとの思い出は、数限りなくあるが、いまは、酸素マスクをつけた母の姿しか思い出せない。息を吸って吐くという当たり前のことが、母みどりにとって、ひと息ひと息、いのち懸けであった。だからわたしは、いつも、酸素マスクの母の呼吸に耳を澄ました。

母が亡くなり、微かな呼吸さえも聞こえなくなったとき、なぜか悲しさよりも、母が酸素マスクから解放されたことの、安堵のほうが大きかった。

それから程なく、孫のなずなが生まれた。みどりからなずなの「いのちのリレー」だと思った。

1
病院の母と二人の雛祭り
びょういんの　ははとふたりの　ひなまつり
●子どもが息子ふたりで、家の中が殺風景なこともあってか、母は、若い頃から桃の節句には、ちいさな自分だけのお雛様を飾っていた。

2
病院の売店狭し梅雨に入る
びょういんの　ばいてんせまし　つゆにいる
●最初に入院した病院は、家から遠く、売店も悲しいぐらいちいさくて、母は「家に帰りたい、帰りたい」と、言い続けていた。

3
六月の認知の母の目がぎょろり
ろくがつの　にんちのははの　めがぎょろり
●わたしが病室に入って行くと、「よくもこんな所に入れたわね」と、母は目をぎょろりとさせて睨んだ。

4
梅雨明けて母の食欲ちょっと出た
つゆあけて　はははのしょくよく　ちょっとでた
●食欲が出ると体力もつくので、ひと安心した。

5
ここからは病院通り合歓の花
ここからは　びょういんどおり　ねむのはな
●毎日の病院通いが辛くなるときがある。病院への道すがら、合歓の花が咲いていたので、その道を合歓の花通りと名づけたら、気分が落ち着いた。

6
するすると毎日ヤマザキ水羊羹
するすると　まいにちヤマザキ　みずようかん
●母は、高級な和菓子よりも、コンビニで売っている水羊羹が好きだった。

7

ぼとぼとと母三日ぶりに尿の出る

ぼとぼとと　ははみっかぶりに　にょうのでる

●尿が出なくて、尿毒症になるのではないかと心配した。

8

朝の夏母肺炎の肺になる

あさのなつ　ははははいえんの　はいになる

●夏の朝、病院から肺炎を起こしたとの連絡がきた。3度目の肺炎だったので覚悟はできていた。

9

肺炎の隙を狙って炎暑くる

はいえんの　すきをねらって　えんしょくる

●母が肺炎になった途端、夏の暑さは、どの夏よりも厳しかった。

10

雲の峰酸素マスクが下りてくる

くものみね　さんそマスクが　おりてくる

●雲の峰は入道雲のことである。入道雲から酸素マスクが下りて、入道雲の力を借りてでも何でもいいから、生きてもらいたいと願った。

11

短夜の酸素マスクに母武装

みじかよの　さんそマスクに　ははぶそう

●肺炎と正面から母は闘っていた。

12

目やに拭く薄き母の目虹が立つ

めやにふく　うすきははのめ　にじがたつ

●母の目やにをそうっと拭くとき、わたしもやさしい気持ちになれる瞬間だった。

13

母の脚静脈瘤の桃の花

ははのあし　じょうみゃくりゅうの　もものはな

●長年の立ち仕事で、母の両脚にはたくさんの静脈瘤ができていた。わたしにはそれが桃の花に見えた。

14

ひたすらに酸素マスクの母眠る

ひたすらに　さんそマスクの　ははねむる

●死んだかと思うほど眠り続ける母。

15

遠き雷母の大脳応答せよ

とおきらい　はははのだいのう　おうとうせよ

●本当に死んでしまったのか！　雷よ、母を目覚めさせてくれ！

16

母みどり解体中のアマリリス

ははみどり　かいたいちゅうの　アマリリス

●間違いなく母は死に向かっていた。

17

夏の果酸素マスクに祈るのみ

なつのはて　さんそマスクに　いのるのみ

●残暑厳しい夏の終わり。母には酸素マスクだけが、生きる頼りだった。

18

ぽこぽこと酸素マスクの秋の音

ぽこぽこと　さんそマスクの　あきのおと

●母は、酷暑を何とか乗り切った。酸素マスクのぽこぽこという音が、母のいのちの音に聞こえていた。

19

九月の酸素マスクの母が逝く
くうがつの　さんそマスクの　ははがいく

●2017年9月19日、母は逝った。享年92歳。

20

みどりの名酸素マスクの紐に書く
みどりのな　さんそマスクの　ひもにかく

●母のいのちを繋いでくれた酸素マスクに感謝して、茶色い紐に母の名をそっと書いた。

21

母みどり蛍なんかになりゃしない
ははみどり　ほたるなんかに　なりゃしない

●ひそやかな蛍の光を、母は好まない。

22

ポインセチア母の遺影の眉上がる
ポインセチア　ははのいえいの　まゆあがる

●刺激的なポインセチアの赤は、母の中にある生命力を駆り立てた。

23

春の風母の通ったバスがくる
はるのかぜ　ははのかよった　バスがくる

●このバスに乗って、母が毎日店まで通っていたと思ったら、涙が溢れてきた。

24

春の星やっぱり母は父が好き
はるのほし　やっぱりははは　ちちがすき

●好き勝手なことばかりして、母を泣かせた父なのに、母がわたしに父のことを語るとき、母はいつもうれしそうな顔をしていた。

25

下りてみる母の生まれた春の駅
おりてみる　ははのうまれた　はるのえき

●電車に乗っていたら、突然、母の生まれた千駄ヶ谷駅で下りたくなって、しばらく歩いた。

26

父のこと母に聞きたし春の暮
ちちのこと　ははにききたし　はるのくれ

●わたしが自分のことしか考えていなかった若い頃、父が脳溢血で倒れた。そこから母の23年介護がはじまった。父のことを聞きたいなと思うようになったいま、母から父のことを聞くことは、もうできない。

27

母の名を三回叫ぶ春野かな
ははのなを　さんかいさけぶ　はるのかな

●71歳のおじいさんは、マザコンです。

28

母逝ってなずな生まれる宇宙あり
はははいって　なずなうまれる　うちゅうあり

●母が亡くなった後、娘に女の子が生まれた。孫娘の名前はなずな。いのちのリレーだ。

29

存分にみどり児育つなずなちゃん
ぞんぶんに　みどりごそだつ　なずなちゃん

●なずなは太って丸々。

30

大あくび正義の味方なずなちゃん
おおあくび　せいぎのみかた　なずなちゃん

●なずなちゃんの大あくびは平和だ。

するすると毎日ヤマザキ水羊羹

朝の夏母肺炎の肺になる

ぼとぼとと
母三日ぶりに
尿の
出る

雲の峰酸素マスクが下りてくる

肺炎の隙を狙って炎暑くる

短夜の
酸素マスクに
母武装

目やに拭く　薄き母の目　虹が立つ

母の脚
静脈瘤の
桃の花

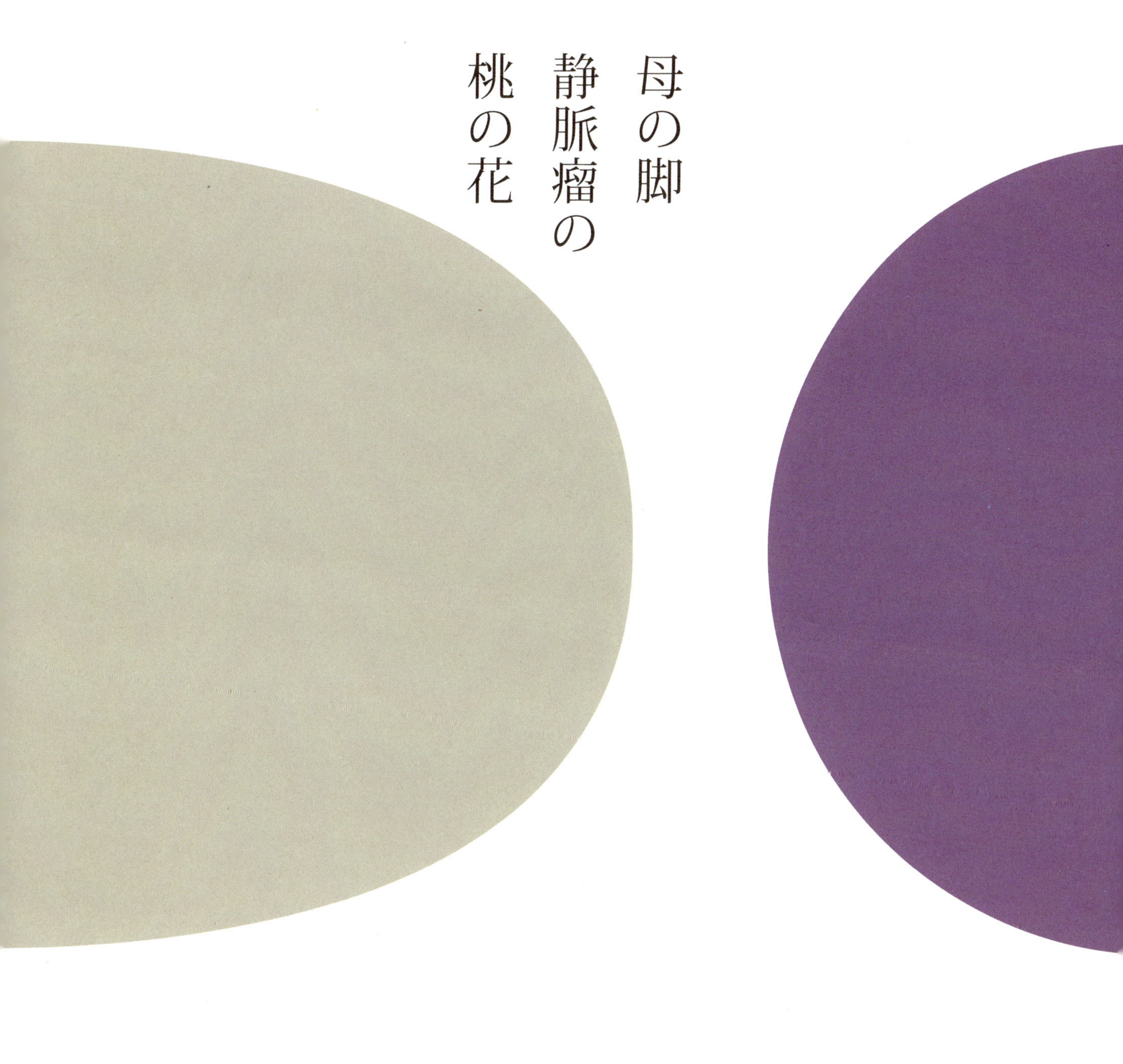

ひたすらに
酸素マスクの
母眠る

遠き雷
母の
大脳
応答せよ

母みどり解体中のアマリリス

夏の果酸素マスクに祈るのみ

ぽこぽこと
酸素マスクの
秋の音

九月の酸素マスクの母が逝く

みどりの名酸素マスクの紐に書く

母
みどり
蛍なんかに
なりゃ
しない

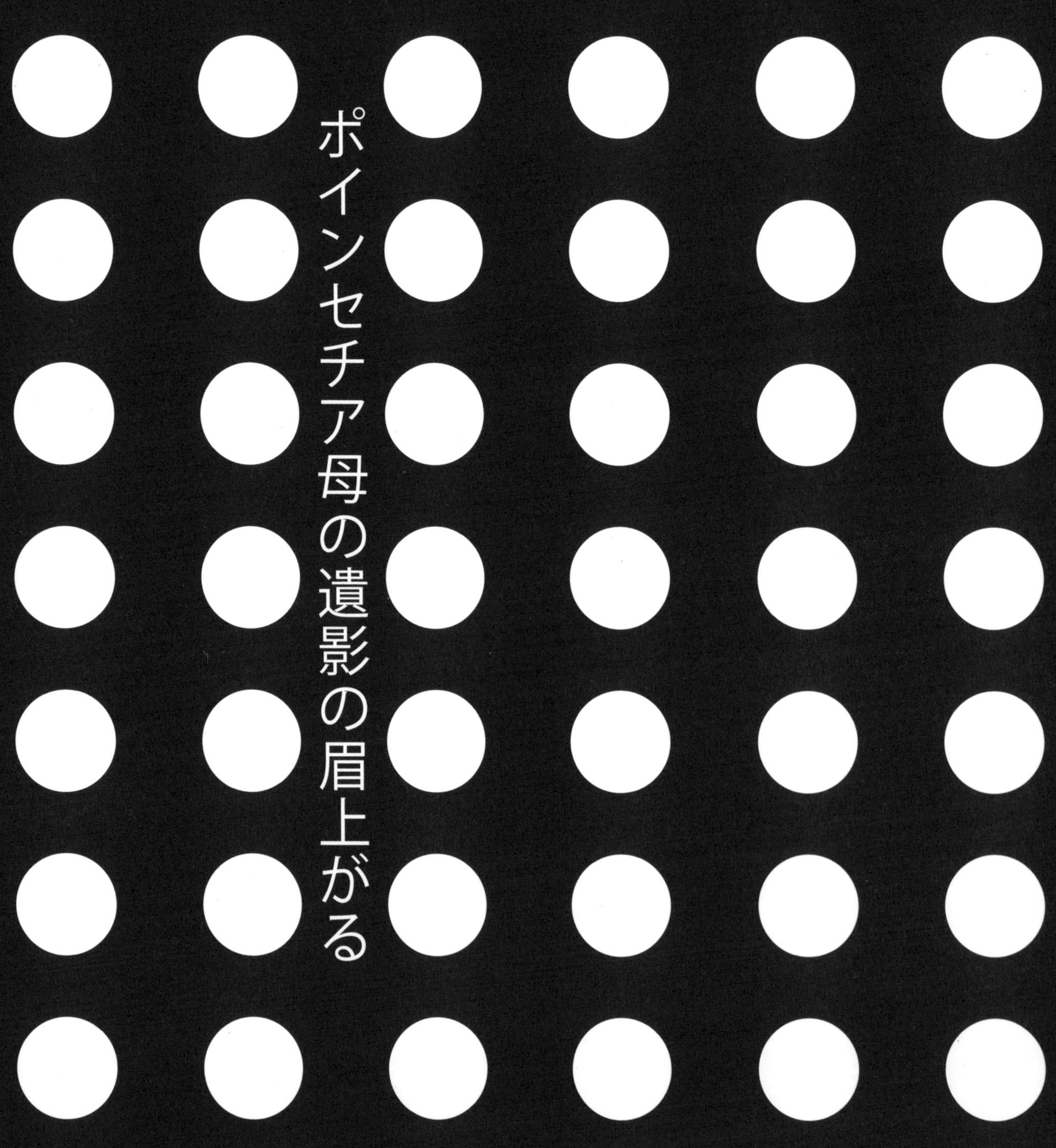
ポインセチア母の遺影の眉上がる

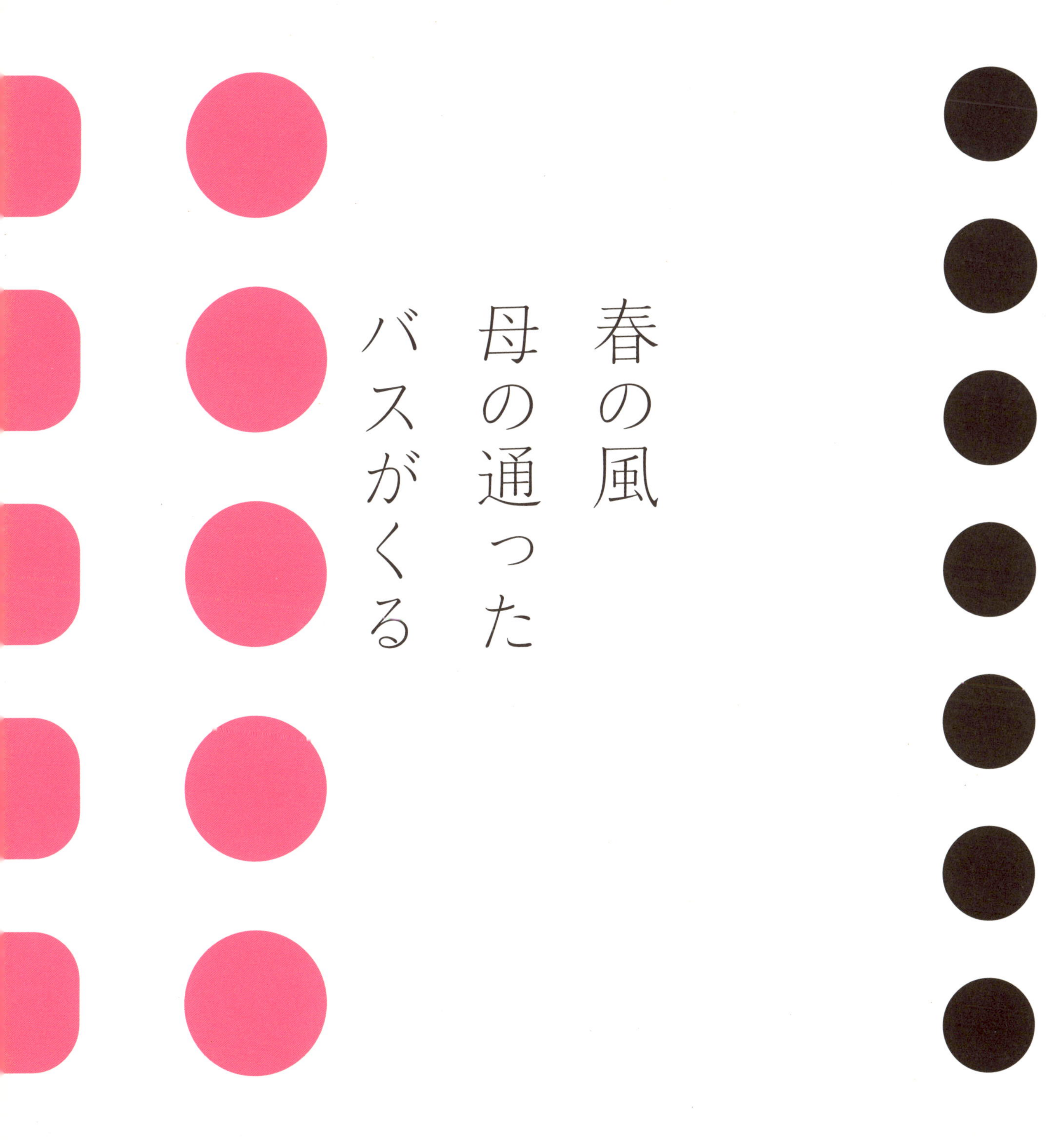

春の風
母の通った
バスがくる

春の星　やっぱり母は　父が好き

下りてみる
母の生まれた春の駅

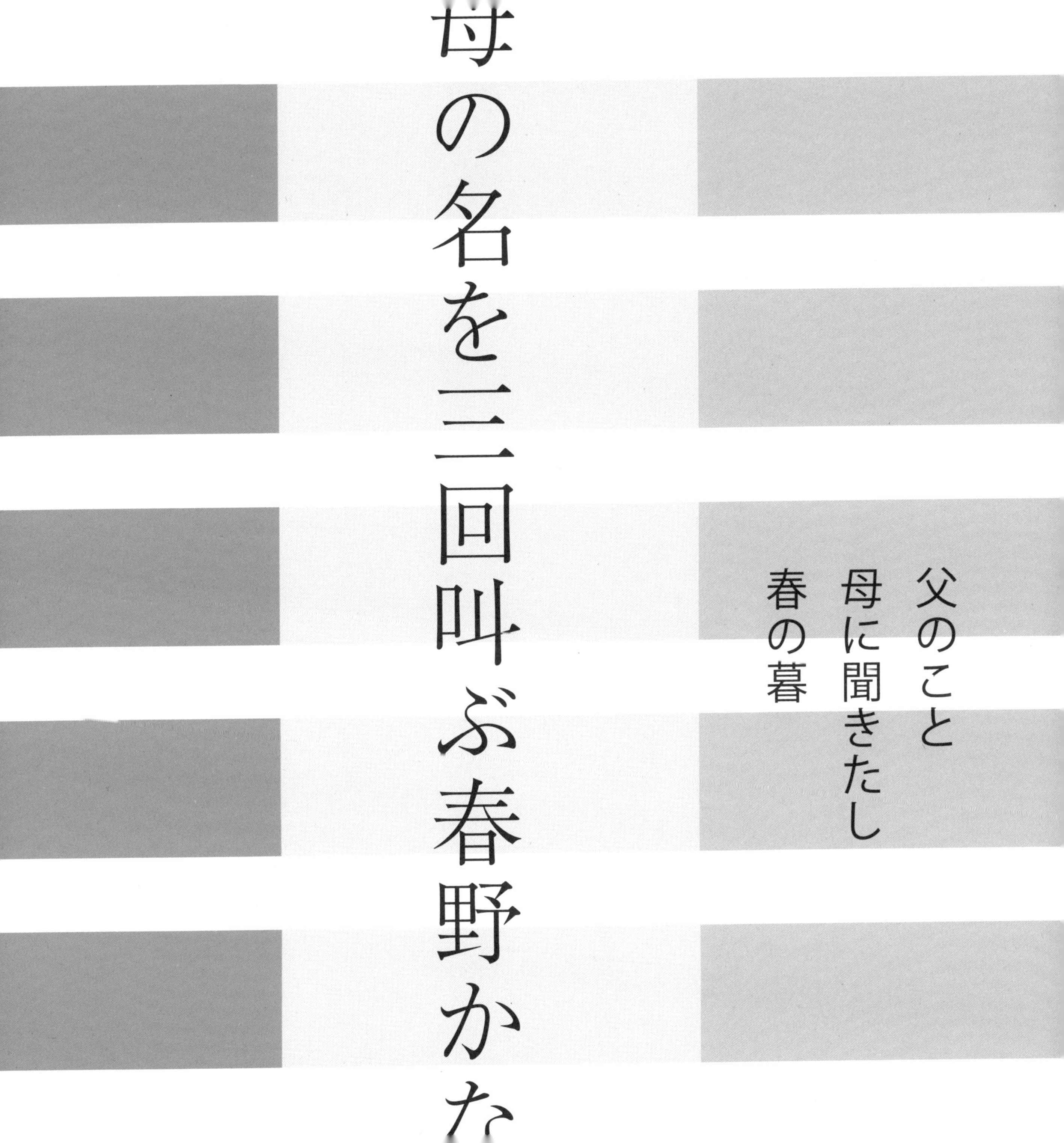
母の名を三回叫ぶ春野かな
父のこと母に聞きたし春の暮

母逝って
なずな
生まれる
宇宙あり

存分にみどり児育つなずなちゃん

大あくび　正義の味方　なずなちゃん

みどりとなずな

ねじめ正一／俳句

五味太郎／監修・構成

発行日　2019年9月20日　第1刷

発行人　落合恵子

発　行　クレヨンハウス

〒107-8630
東京都港区北青山3-8-15
電　　話　03-3406-6372
ファックス　03-5485-7502
e-mail　shuppan@crayonhouse.co.jp
URL　http://www.crayonhouse.co.jp

デジタルワーク　ももはらるみこ

印　刷　中央精版印刷株式会社

Printed in Japan

ISBN 978-4-86101-371-3　C0092　NDC911
20×20cm　24P